U0047275

구 름 껴 도 맑 음

從你和我，變成我們

裴城太 著

—愛滿滿的暖心推薦—

插畫家／Dorothy

平凡生活的日子，作者卻能勾勒出無比的溫暖與真摯。

粉紅少女系插畫家／zzifan_z

簡潔俐落的線條和配色藏不住深厚的美術底蘊，優秀的兩性圖文作品。

甜蜜夫妻檔／太咪＆阿載

看了超級有感的一本書！我跟阿載夫妻倆結婚雖然有一陣子了，仍然還處於新婚狀態呢（羞），當然也會吵吵鬧鬧，但不管再怎麼吵，我們都還是彼此最親近的人！

本書中描繪的買菜、蜜月、夫妻間的對話等場景，根本就是我們的寫照！超級推薦給想結婚的情侶或已結婚的夫妻，你們一定也會感受滿滿的「真的耶！我們就是這樣！」相信每一個人看了這本書，都會想起自己戀愛或新婚時的美好感覺

唷！

—中文版序—

臺灣的讀者們好，我是喜愛描繪新婚生活的圖文作家裴城太。

這本書的創作起點是與我的婚姻生活一同展開，書中描述了一對男女在同個空間共享生活的故事。

雖然訴說的是我和老婆的點滴，但大家看了一定也不會覺得陌生，畢竟「愛」在任何地方展現出的模樣，都是很相似的。

幾年前我曾到臺灣旅行過，這次則是我的書代替我，也來到臺灣旅行了。我仍記得在臺灣旅行時遇到的親切的人、乾淨的街道、豐富的美食，還有熱愛自然的居民，以及熱鬧的夜市。

很感謝大家閱讀我的故事，如果能和所愛的人一起看，就更棒了！
祝大家每天都過得很幸福！

目錄

Part 3

無論如何，我愛你

Part 4

烏雲籠罩也明亮

 ──收集起每個值得記下的生活片段

大家好，我是裴城太。

《從你和我，變成我們》是我和老婆，與我的貓 Mango、Jelly 一起度過的新婚生活點滴。原本靜靜過著新婚生活的某一天，我突然興起把兩人珍貴的日常點滴保存起來的想法，因為我明白，這些回憶如果只留在腦海裡，很快就會消逝了，許多無法用照片記錄下來的瞬間，我決定以畫作來呈現。日常生活雖然經常被特別的日子掩蓋，卻依然閃閃發光，雖然這本書畫的是我們的故事，但我也希望畫出大家都曾有過的、相同的瞬間。

邁入 30 歲時，我正式成為某人的丈夫。老婆是上班族，我是自由工作的圖文作家，基本上都在家工作，自然而然就變成老婆「主外」、我「主內」了。我擔負起家庭主夫的責任，要處理家中大小事，老婆去上班後，就必須負責做家事。

① 首先，打開窗戶，清掃家中每個角落。
② 整理床鋪、把家中各種雜物歸位。
③ 把散落在家中的杯盤放到洗碗槽。
④ 拿著電線很短、還得換 2 次插座的吸塵器打掃，然後拖地。
（根據經驗，能真正把家裡打掃乾淨的關鍵在於拖地啊！）

以上都完成後，才可以正式開始我充實的一天。從那時開始，是專屬於我的自由時刻！我會聽聽音樂、看一直想看的電影或是去美術館。

仔細想想，婚前我也會打掃家裡、工作、享受自由時光，做的事情沒什麼差別。但要說婚後與單身漢時期有何不同，就是每天早上家裡都吵吵鬧鬧的，桌上擺了兩雙筷子，旁邊多了個一起談論未來、一起睡覺的人。

所以，這雖然不是什麼特別又帥氣的故事，
但我想邀請你看一看，
這些我們想跟你分享的點點滴滴。

Part 1

呃，
我們結婚了？

結婚 1 次
蜜月旅行 2 回

歐洲和泰國，征服了 2 個大陸的蜜月旅行。
旅行一開始，還在想著什麼時候回韓國，等回過神來，
已經是在泰國蘇梅島享受蜜月旅行的最後一天了。
這麼長時間和某個人一起旅行，還是第一次。
和老婆一起把所有能走到的地方都造訪過，創造了無數回憶，
一起吃飯、一起睡覺。
記憶力不好的我如果問：「我們那時在那裡做了些什麼啊？」
「已經忘了嗎？那時候做了些什麼啊……」
我已經有了能一起追尋回憶的人呢。
未來我們的生活，也會是這樣——
「我們那時在那裡做了些什麼啊？」

我們真的要結婚了？／
嗯，好像是。

＃越過一座大山 ＃無法再來第 2 次

只有當事人最沒有現實感的，我們的婚禮。

隨著時間的巨流，不知不覺流向了婚姻。

用生活填滿它！

沒關係

雖然房子空蕩蕩，但內心滿騰騰的此刻。

滾來滾去

這不是我要的答案

#跟你說 #正解是歐洲

一直很想一起去旅行，
雖然想去中國來趟背包旅行
但妳的心已經在飛往巴黎的飛機上了。

會有下輩子嗎？

告解 # 蜜月旅行的首次飛行

在數不清多少次的祈禱和懺悔後，

我悟道了。

不過當飛機碰到地的瞬間，

又拋到腦後。

這不是我們的 style

聽了大叔說明仍一頭霧水的我們 # 但還是認真點頭

第一次蜜月的旅行地——巴黎。

下定決心去吃了米其林餐廳，

卻只獲得滿滿的壓力。

要再結一次婚嗎？

芒果派對 # 今天也芒果明天也芒果

第二次蜜月旅行地——泰國。

抱著把這輩子能吃的芒果全吃下肚的心情，

好像還是吃不夠呢……

已經開始懷念我們的蜜月旅行了。

結婚
有什麼好？

兩個人一起生活最需要的就是很多很多的包容，
說起來，婚後最不好的也是這一點。

第一，凌晨煮了一碗拉麵，老婆也跟著醒來，拿著湯匙跑來了。
「我只吃一匙就好，跟你保證。」
第二，看電視劇時，不斷用她的爛演技跟著演。
「比方說吻戲是這樣——」
第三，泡菜鍋裡的肉一下就消失無蹤了。
「妳至少也吃點泡菜啊……」
第四，明明工作正忙，偏要在後面抱住我、嚷著一起玩。
「再來就太超過囉！我警告妳了喔！」
第五，不知從哪看來奇怪的食譜說要做給我吃，把乾淨的廚房搞得一團糟。
「白種元＊是所有問題的禍首。」
第六，明明把內褲放到洗衣籃裡了，卻總是親手幫我洗。
「我的內褲就放著別管了吧。」

但其實，結婚還是很好的。

＊韓國知名主廚。

夜晚、床與你

#老婆 #就是說 #那個 #我可以買筆電嗎 #我愛妳

妳怎麼那麼漂亮？

出去外面時可別太漂亮了啊！

5 分鐘就好

妳的小劇場 # 雖然知道妳又在賴皮 # 我其實也想這樣

5 分鐘最後變成 5 小時的魔法。

今天就不要出門了吧！

#結婚的特權 #一起滾來滾去

左滾 右翻

結婚最棒的地方，

就是可以和你待在一起，什麼都不做。

甜甜的夜晚散步

我們 # 在北村 # 這樣唷

噗通噗通，逛超市最開心

我才是主婦 # 推車就交給我了

週末一起買菜的樂趣。

唱歌給我聽

只有我倆的旅行，夢幻的新婚。

3

彼此的差異

彼此的差異，雖然一開始需要磨合，
卻是從「你」和「我」蛻變成「我們」的有趣過程。
有一次我洗完澡後正在擦身體，突然發現廁所掛著新毛巾。
「嗯？什麼時候掛了新毛巾？」我心想。
「是妳掛的嗎？」擦乾後我問了老婆。
「嗯。」
「妳一直都是用完一次就換新的嗎？」
「當然啦！」
我從來沒有毛巾只用一次就換新的，
但老婆堅持每次用完都要換上新毛巾。
雖然只是舉手之勞，但我認為應該要為對方著想才對。
現在我洗完澡出來，也會為老婆掛上新毛巾。
只是簡單的小動作，卻讓心情很好，
我從她身上學到了這個小小的好習慣。

洗頭像在洗衣服

每天都在喊腰痛 # 神奇洗髮技

先被超多的洗髮精用量嚇到，
又被絢麗的洗髮技嚇到第 2 次。

我們家的妖精

妳是妖精啊 # 看看這個 # 我就知道

比想像中還小的女生衣服，有點可愛。

左撇子和右撇子

#夏天還是坐對面吃吧 #太熱了啦

我是右撇子，你是左撇子。

所以我們可以黏在一起吃飯。

最害怕的事

#守護家庭 #治療要多少錢知道嗎

小時候因為太痛而懼怕的牙科，
現在是為了另一個理由而害怕。

相似

要反折還是疊 # 應該這樣那樣

共享彼此不同的生活方式，

慢慢的混合，

最後變得相似。

男人的路

要靠導航幫忙 # 但是 # 這裡是哪裡

我要走自己的路。

原來是妳啊

#一起生活 #包容

一點都沒感覺到，

就這樣每天用掛好的新毛巾……

難道是
我們掛的？
真是傻瓜喵

(4)

昭告全世界
我倆成為一體

2016 年 5 月 21 日夫婦節，我們突發奇想，趁著休假提交了結婚登記申請。

中午時抵達區公所，號碼牌拿到 71 號，

但從數字減少的速度看來，我們好像還得再來一次。

最近結婚的人越來越少，演變成社會問題，

區公所的情景卻彷彿在打臉這句話，滿是找到真愛的年輕情侶。

我們緊握著彷彿考卷的申請書，

在人滿為患的婚姻登記處聽著「叮咚、叮咚」的聲音，

最後實在等太久了，只好沮喪的離開。

後來總是因為工作，因為家裡有事，一天拖過一天。

不知道過了多久，書桌上那張結婚申請書老是映入眼簾，

終於決定找一天的一大早，再度挑戰！

想到那天拿到 71 號，這次特地提早過去，

不料那天的人潮卻像海市蜃樓般，這次只見到清閒的職員們。

一問之下才知道，那天是星期六又是夫婦節，才會這麼熱門，

平常就像今天一樣，一點都不忙。

結婚超過半年後，我們終於正式成為夫妻。

只是結婚登記而已，
為什麼有種我們好帥的感覺

#兩人成為一體的日子 #長大的感覺

想逃走的話，機會只有現在喔

誰說的

只有我們很興奮

\# 因為我們是主角啊

跟大考一樣難的結婚登記

根本比大考還難 # 請讓我們成為夫妻吧

請允許我們結婚！

您說得沒錯，但我們會好好努力、獨立成長的，請相信我。

他們倆這樣不是很好嗎？

我理解你是自由工作者，但你的職業對比有正常工作的我女兒，我也是站在父母的立場……

我的擔心不也都是事實嗎？

那麼，你存了多少錢？

歐巴，還好嗎？

今天辛苦你了。

看來我還有很多不足啊。

才沒有呢，歐巴。

有多少人是什麼都準備好才結婚的呢？

大家都一樣啊，爸爸真是亂說。

請父母允許我們結婚這件事，遠比我想像得還困難。

不是「我們決定結婚了」，而是「請允許我們結婚」，

這兩句話的含意大不相同。

面對「將來靠什麼生活」的疑問，其實大方回答就好了，

但對剛出社會的我而言，彷彿不可能的任務。

最後只能勉強說出：「準備靠父母的支援，還有向銀行貸款。」

除此之外再也說不出別的。

在複雜的結婚流程中，我們不再是主角，

反而成為雙方父母的傳話者，

巨大的無力感包圍了我。

我只能在她的父母面前不斷強調我未來的可能性，

抓住崩塌的自信，用僅存的力氣保證：「我們會好好生活的。」

那個瞬間，我的聲音如此空洞，聽也聽不見。

Part 2

甜蜜新婚
小時光

5

我回來囉

老婆每天都要上班，早上 6 點起床準備，大概 6 點 40 分出門，
就我所知，她從來沒有遲到過。
在家工作的我，早上也會幫忙她，
因為她得在 40 分鐘內出門，連好好吃早餐的時間也沒有，
雖然我也想幫她更多忙，但頂多也只能幫她泡杯穀粉飲料
或切一些水果等簡單的點心，
躺在床上看著化妝的老婆，40 分鐘一下子就溜走了，
依依不捨的說再見後，當天我為老婆扮演的賢夫角色就結束了，
但我明白，老婆的一天才剛要開始——
「今天也要好好加油，安全回家喔。」

請賺很多錢回來唷

\# 加油 \# 趕快回家

幫她準備出門一點都不麻煩。

各自的午餐時間

一整天都在期待 # 晚餐可以一起吃 # 今天要吃什麼呢

你今天吃什麼呢？

一邊細細的咀嚼，

一邊想著你。

在心裡送妳出門

#不可抗力

半夢半醒之間跟妳說了什麼，

醒來根本不記得了。

1 個月 1 次，服侍女王日

#賺了好多錢啊 #辛苦了

在拿到薪水袋的那一刻之前，

該有多辛苦啊！

所以，這一天更要好好服侍妳、對妳好。

睡了嗎？

#只是問問 #真的睡著了嗎

可是那個……

就是說大家不是都想快點有小孩嗎？

只是這樣覺得啦……

6

我來了

某次為了一起吃晚餐，我在老婆下班的時間到公司找她。

當時老婆正忙得不可開交，根本不知道我來。

那天晚餐時我提起了這件事，

老婆說：「今天還不算真正忙的時候呢。」

後來我連花一點小錢，都會想起那天老婆揮汗忙碌的模樣，

於是就無法隨便亂花了。

不過，每個月會有那麼一次，老婆會帶著輕鬆的微笑回家，

就是收到薪水那一天。

緊抓在老婆小手中的薪水袋，裡面雖然只放著薄薄一張薪資明細，

很奇怪的，卻一點都不覺得輕。

老婆把這珍貴的信封交給我，

我總是打開看完後，再慎重的放到抽屜裡收好。

名偵探的推理

容易看穿的女人 #BINGO # 幹嘛買洗衣籃

人也會蛻皮啊。

喜歡我

遇上對手 # 選我還是選貓 # 嫉妒貓咪了啦

要喜歡我啦！
不要只顧著當媽媽，
要比喜歡貓咪們更喜歡我！

Bonus

禮物 # 我們家的聖誕老公公

下班回家的路上如果買了甜甜圈，

就好像得到意外的禮物。

今天晚餐是？

煮夫生活 # 媽媽的心情

一邊幻想對方吃得津津有味的模樣，
一邊準備料理的時刻，真是幸福。

我們家的下班時間

果然是我的對手 # 貓比老公更重要

聽到腳步聲就咚咚咚跑出去的 Mango，
還有只會跑到玄關和我站在一起打招呼的膽小鬼 Jelly。

（7）

好想被稱讚

老婆是在外面做事的上班族，因此我基本上包辦了家裡大小事，
我曾獨自生活很長一段時間，打掃或料理都難不倒我，
但如果得不到稱讚，實在很難一直保持幹勁啊。
做家事就是這樣，一天不做就會生灰塵，
但就算很認真做，也無法明顯到一眼就看出不同。
所以如果不是負責做家事的人，很難理解其中到底下了多少工夫。
因為我很了解這一點，所以每當老婆下班回家，
我就會一邊大肆炫耀今天打掃了哪裡，一邊期待她的稱讚：
「老婆，有沒有發現我們家今天有什麼不一樣？」

被稱讚才能活下去

滿足 # 裝好心 # 還能伸更長喔

把常常要用的東西

故意放到高處。

以為只要「啪搭」掛上就好了

根本像打仗 # 亂七八糟 # 有貓咪在難度加倍

吃藥找藥劑師，
裝窗簾就找專門業者。

哇嘟

「妖精傳說」再現

#手臂都放不進去 #有人穿得下這個？

把老婆的褲子翻過來時嚇了一跳，

看來晚上得烤點肉給她吃了。

快樂的煩惱

#明天要煮什麼呢 #真神奇 #只要看著她吃 #就飽了 #老公的心意

不幫她準備就不吃早餐，

只好每天做給她吃。

有沒有發現什麼不同？

\# 在夢中 \# 夢到妳 \# 要不要去買樂透

雖然大掃除把房子掃得亮晶晶，
但每天外出工作的上班族根本沒發現，
只好作作白日夢了。

8

與毛髮的戰爭

老婆的頭髮很多。

去美容院時，連職員都嚇到，說沒看過頭髮這麼多的人。

與其說是洗頭髮，更像在洗衣服那樣耗時又費力。

看她洗頭髮實在是件很神奇的事，

如果把老婆的頭髮用手一把抓住，

髮量差不多是拇指和食指圈起來的程度，

所以老婆洗頭的時間也是其他人的 2 倍！

負責打掃家裡的我，最常面對的問題就是「掉落的毛髮」。

這裡、那裡，到處都有毛髮！

一個人住時完全不覺得，2 人一起住後，

掉在地上的頭髮大概是一個人住時的 2 倍以上。

再加上 2 隻貓，整個家簡直要被毛髮淹沒了！

這絕對不是因為討厭清理毛髮才寫下的抱怨喔。

只有這個不行！

＃住手 ＃人贓俱獲 ＃熟人犯案

唯一無法共用的東西。

與頭髮的戰爭

#與頭髮的戰爭 #掉毛季節 1 年 365 天

人和貓，一起掉毛。

海帶採集

#這個真的 #是從妳身上 #掉下來的嗎 #這真的不要緊嗎

.

偶爾會被一整團的頭髮嚇到。

雷射除毛

#光滑 #乾乾淨淨的真好

今天又

發現了一個祕密。

名偵探的推理 2

我們家的名偵探 2 # 相信我吧 # 我是清白的

最後被無罪釋放。

愛的魔法

#情人眼裡出西施 #新婚嘛 #怎樣都喜歡

就像水蜜桃上的絨毛一樣可愛啊。

9

說到新婚

熬夜完成工作後，看看時鐘才發現已經是隔天凌晨了。
老婆已經先累得睡著，香甜得像忘了一切煩心事，
我從不會在她熟睡時叫醒她，
輕輕鑽進棉被，悄悄找到屬於我的位置，
躺在枕頭上轉向左邊，就可以看見老婆的臉，
那是能夠消除我一整天疲勞的臉龐。

多管閒事的消防隊

消防隊 # 滅火 # 一開始就撲滅是關鍵

需要點燃新婚熱火的存在。

火熱夜晚的信號

＃這是 ＃點燃熱火的信號

Mango、Jelly，出去。

溫暖的妳的味道

#後來才知道是衣物柔軟精 #還是好喜歡

老婆身上總是有好聞的味道。

滅火消防隊 2

#MangoJelly # 無時無刻出動的消防隊

我們也來惹點事如何？

晚安

只要睡著 # 連 MangoJelly 咬她都 # 不會離開夢鄉的 # 愛睡鬼

看著睡得香甜的妳，就覺得好幸福。

生活小確幸

雖然特別的故事很棒，但每天起床後發生的小確幸更迷人。
「我和你」不只是代表某一個特別的瞬間，
而是點點滴滴積累起來的重要回憶。
雖然這些一起經歷的各式各樣無聊的小事，無法全都牢牢記住，
就像上週末和 Mango、Jelly 一起躺在沙發上，
享受著明媚的陽光、讀著書的那一天，
即使會漸漸在回憶中流逝，
卻十足珍貴。

為我做飯的女人

\# 洋蔥在冰箱第 2 層
\# 蔥在冷凍室
\# 蒜要磨碎放著

你只要坐著就好。

煮咖啡時會變溫順

你 # 煮的咖啡 # 最好喝

平日上班的老婆是平日的王。

週末要工作的我是週末的王。

嗯⋯⋯

怎麼好像有點不公平？

早上睡太多的我們

＃時光機 ＃醒來已天黑

讓我再睡 10 分鐘。

吃得開心就是 0 卡路里

#滲入骨髓的罪惡感 #罪惡感太重才變重的嘛

我們連罪惡感都要共享喔。

看電視的好姿勢　#老婆 #遙控器 #歐巴看看你屁股後面

和你在一起，是世界上最舒服的時光。

一個月一次

#今天我請客 #賺錢的滋味 #活著的滋味

發薪日一定要吃烤肉，

為了激勵我們自己！

等待的美學　　# 妙鼻貼 # 一起變漂亮

雖然知道需要等待，
但妳的反應太有趣，所以忍不住想一直問。

幸福多加 2 湯匙，新家人誕生

養狗的主人必須非常勤勞才行。

太不適合我們了啊。

舉例來說,每天至少要帶牠出去散步一次。

哇嗚～開心汪!

散步完幫牠洗腳、整理毛也是基本的。

哇嗚～開心汪!

屎還跟人的屎一樣大,知道嗎?

哇嗚～開心汪!

像我們這樣的人,養貓比養狗合適吧?

……貓?

貓咪!

153

領養前的學習是必備的！

和牠一下就對到眼了！

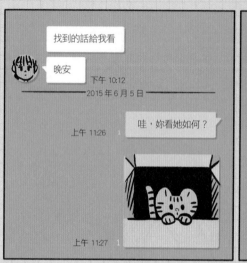

找到的話給我看

晚安　下午 10:12

———— 2015 年 6 月 5 日 ————

哇，妳看她如何？　上午 11:26

上午 11:27

上午 11:27

哇喔……

她真的好可愛！

從哪裡來的？　上午 11:28

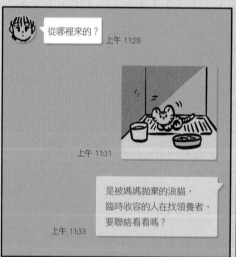

從哪裡來的？　上午 11:28

上午 11:31

是被媽媽拋棄的浪貓，
臨時收容的人在找領養者，
要聯絡看看嗎？　上午 11:33

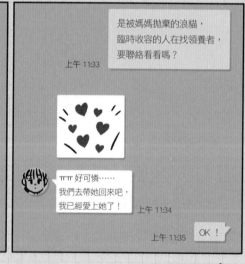

是被媽媽拋棄的浪貓，
臨時收容的人在找領養者，
要聯絡看看嗎？　上午 11:33

ㅠㅠ 好可憐……
我們去帶她回來吧，
我已經愛上她了！　上午 11:34

OK！　上午 11:35

我們能成為幸福的一家人嗎？

心臟太弱的人還是離貓咪遠一點比較安全。

為了成為值得信任的人，接受認可中。

見面第 1 天就開始打架了。

Part 3

無論如何
我愛你

11

我們家的貓咪
Mango、Jelly

雖然不認生，但只會對我露出肚子的第 1 隻貓咪—— Mango；
只要變親近就完全信任你，我們家最乖的老么—— Jelly。
托 2 個可愛孩子的福，我們好像朝「一家人」的模樣更進一步了，
要永永遠遠在一起喔～ Mango ～ Jelly ～

去上班

\# 我還會說話 \# 我比較好吧

還不如帶我去。

貓咪好暖心

#1 匙 Mango #1 匙 Jelly # 是 2 湯匙幸福 # 我們家幸福破表

平常分散在家中角落，但只要說一句：「欸欸。」

就呼嚕嚕跑來的傢伙們，

到底是怎麼聽懂我的呼喊呢？

難道你們是人類嗎？

一家人的睡覺習慣

#晚安 #個人差異 #個喵差異

我們一定要把腳放在棉被外面，
Mango 一定要趴在我們腳上，
Jelly 一定要鑽進棉被裡睡。

沒有盡頭的大掃除

＃嚇屎啦 ＃嗚嗚 ＃吸塵器要經過囉

再怎麼熟悉也還是不習慣嗎？

即使如此，還是愛妳

貓毛

養了寵物就明白 # 掉毛超乎想像 # 即使如此還是愛妳

養了貓咪以後，
每餐飯都會被掉落的
貓毛毀掉。

12

有時候砰砰砰

我喜歡一個人旅行。

一個人到想去、想看的地方，想怎麼浪費時間，都隨我心情。

而且我喜歡一個人在旅行地獨處時，那奇妙的感覺。

踏上第一次來到的外國土地，

全身的感官好像一個個豎起來，一下子被打開。

即便只是看到路上經過的行人，也覺得身體發熱。

最近閃電造訪了京都，也和以前一樣一個人去，

但不知道為什麼，這次很明確的感受到自己「獨自一人」。

想了想，應該是因為妳。

不知從什麼時候開始，我的視線裡都希望能有妳，

希望聽到妳走在我身旁時「噠噠噠」的腳步聲，

現在我看到的風景，如果妳也能一起看該有多好啊！

這就是兩顆心相遇的瞬間。

意外的禮物

擔心常常跳過早餐就去上班的老婆，
偷偷在包包裡放她喜歡的巧克力。

一家之主

＃讓妳當 ＃明年換我當 ＃大官

我們家的一家之主是誰呢？
就讓錢賺比較多的人當吧！

即時搜尋

電視上 # 好吃的東西 # 實在太多了啊

就算兩個人正在嘔氣，
一看到好吃的東西就會立刻團結起來。

旅行的意義

在幹嘛 # 都是妳 # 害我無法好好旅行 # 妳要負責

雖然喜歡一個人旅行，

但總會想到正獨自待著的那個人。

京都的雲

#Mango 雲啊 #Jelly 雲啊 # 飄去韓國吧

因為地球是圓的，

飄過去的時候妳也會看到吧？

可愛的 Suprise

#Suprise 失敗 # 再也找不到這樣的女人了

代替上班的那位大人，

快遞大叔送來了驚喜。

今天也辛苦了

#抱抱 #比千言萬語更有用

13

有時候噹噹噹

因為這麼大一個家裡面只有 2 隻貓，
Mango 和 Jelly 可說是無時無刻都在打架。
雖然讓他們和好後也會抱在一起，互相舔舔對方，
但一個不注意又開始在地上翻滾打鬧。
我們也一樣。
即使是新婚，難免會因為一些事情吵架、傷害感情。
久違的旅行雖然興奮，但光從家裡出來到搭上火車前，
兩人互瞪的情況就不只 1、2 次。
氣憤不是讓彼此吵架的真正理由，而是由於對立的立場。
人的想法都是不一樣的，潛意識的自我中心思考才是主因，
你的心情我都懂，但在做的時候產生了誤解，
即使新婚也難免如此。

亂七八糟的夢

＃被打就要挨啊

就算是作夢也生氣。

洗衣服

不要覬覦主夫的位子 # 不要否定主夫的心

說毛巾要挺挺的才好用的

每天出外工作的大人。

世界上最難的課

指手畫腳 # 妳懂我的心吧

不能像學開車時每天吵架的父母那樣，

結婚後一定要很溫柔的教妳開車，

如此下定了決心，結果下場還是……

不過只要吵過一次架後，

以後妳一定會開得更安全更上手！

設身處地

為何游泳池前面就是炸雞店 # 忍不住一直盯著看 # 啪答啪答 # 我們上鉤了

「就一～～直往前就好，這樣也不會？」

因為這句話，晚餐的桌上連湯都沒得喝。

棉被小偷

#SORRY # 沒聽到 # 棉被外面很危險

以前一個人住，都不知道自己有這種習慣。

（14）

說愛你

我們家有 2 本厚厚的相簿，是老婆從娘家帶來的，
裡面收藏著她從小到大的模樣，是珍貴的寶物。
蜜月回來後，我們回娘家拜訪，岳母把這本相簿給了我們。
那是重得丟到地上會發出「磅」一聲的相簿，
裡面充滿老婆與家人一起度過的、回憶的重量。
岳母說：「現在就交給你去繼續貼上照片了。」爽快的讓給了我。
轉頭一看，發現岳父正盯著我看，覺得自己好像小偷啊……
翻看相簿裡小時候的老婆，突然好想要有個女兒！
看著和小時候的她長得一模一樣的孩子漸漸長大，
一定會是特別又珍貴的回憶吧。
說不定之所以有「女兒傻瓜」的產生，
就是因為丈夫太愛自己的老婆了呢。

噗通噗通

\# 朋友的婚禮 \# 現在只包一個紅包

喔，對齁，

你是我的另一半啊。

新婚日常

紀念日又多一個 # 說愛你

已經想不起各自生活的日子，
一點一滴累積成日常的
新婚生活。

我們家貓咪的生活準則

去客廳 # 快點

孩子們，

不會看眼色嗎？

軟軟嫩嫩

\# 啾啾 \# 好想捏 \# 好想 \# 啾啾

妳軟嫩嫩的臉頰肉，
好像小貓咪的肉球。

永遠站在同一邊

做個美國風味漢堡吧 # 嘟嘟嘟嚕嘟

不管做什麼，都站在我這邊，

給予無限肯定的你。

我都喜歡

突如其來的告白 # 春天來了

戀愛時都不說的話，

　　現在居然說了。

真不甘心

相簿這麼厚真不錯 # 和小時候長一模一樣呢 # 我們的小孩也會長一樣吧

在妳認識的人中，

只有我沒看過妳小時候的樣子，

好不甘心啊。

當時是這樣的

那是 2012 年，一個特別溫暖的春天。

你想不想相親？

不想——談戀愛還是自然而然遇到比較好。

至少看看照片啊。

我不看臉的啦。

不過還是有點好奇長什麼樣子……

是跟我同鄉的朋友，在這附近工作。

喔……嗯……那要約什麼時候？

就這樣順利的約成了……

照片上表情看起來很開朗，
髮型也很端莊……

實際上卻是我討厭的
面無表情和馬尾……

咦？
耳朵上黏著什麼？

耳朵上黏著什麼？
痣嗎？

啊……這個嗎？
是耳環啦，很漂亮吧！

嗯，是很漂亮啦，
但也有點恐怖……

這是我對老婆的第一印象。

我瞧瞧⋯⋯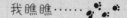

227

Part 4

烏雲籠罩
也明亮

15

今天、明天
都會發生的事

每個我們一起大笑的瞬間；
還有靠著沙發沐浴在溫暖陽光中、讀著書的上週末，
只是這樣虛度每一天實在太可惜了，
因此決定開始記下每一刻。
甚至拋開了工作，反覆欣賞這些充滿幸福時光的畫作。
啊，生活如此苦澀，但我們戰勝了它。

拍拍拍

洗完臉後 # 把乳液 # 這樣 # 拍拍拍

迎接早晨的開始

那輕快的聲音。

浴室領域爭奪戰
上上下下左左右右刷刷刷
叢林的法則 # 選手必勝

像叢林生存般殘酷的，
我們家。

一個人住時的習慣

沒有味道吧？ # 開門啊不能呼吸了 # 妳也是開著門拉啊 #samesame

門關上再拉！

看不見的危險

＃橘子味的屁是誰放的 ＃清爽酸甜

一起坐在沙發上，

比躺在床上更有「在一起」的感覺。

火熱的視線

心口不一 # 所以無法對視 # 想要我買給妳吧

等賺很多錢以後，

對話框裡的一次全買給妳。

不知所措的自由時間

喔耶 # 這就叫作 # 雙贏

那～我就去玩 1 小時？

自信感

#STOP 別說了 #Mango 啊幫幫我 # 吃力的抓住電鑽

本來得意洋洋的以為能完美組裝好，

結果……

梅雨季開始

不是說從明天開始 # 滑板車初體驗 # 要不要拿去二手市場賣掉

每次遇上出遊日，

雨絕對立刻稀哩嘩啦的下，毫無例外。

我⋯⋯偶爾也會流淚⋯⋯

#今天也失敗了 #落淚的演技

我有一件很不擅長的事，就是點眼藥水，

老婆倒是每次都迅速確實的點好。

真討厭。

16

適合約會的日子

要是大田的韓華鷹隊擊出全壘打，球就會飛到寶文山，
我就是在那裡告白的。
帶她去寶文山的途中，我花了整整 1 小時練習等下告白要說的話。
但當我站在她面前，就像每個老掉牙的愛情故事情節，
那些練習的臺詞我一個字都想不起來。
我們牽手漫步著，在能俯瞰大田市閃亮夜景的地方佇足，
涼爽的風迎面而來，還能聽見窸窸窣窣的蟲鳴聲。
在那裡看了一會兒夜景後，我就向她告白了，
遠遠的還能看見大田棒球場的比賽正火熱進行著。
當時我說了什麼呢？其實根本想不起來了。
不過，應該就像鷹隊的打者，打出了漂亮的全壘打一樣。

秋季棒球

\# 韓華鷹隊 \# 越陷越深的泥沼 \# 這就是我為什麼看棒球

其實平常根本沒在看棒球，

都是因為遇見妳⋯⋯

人肉導航

幾乎都是我找到的 # 但最後永遠我輸

只能看一次地圖，

就要找到路的比賽。

瑞士？

搭火車 # 就能看到瑞士 # 瑞士也沒什麼嘛

她說只看山的話就很像瑞士。

妳是想要我帶妳去瑞士吧？

回家吧

從家裡出來後，發現外面實在太可怕了。

叮鈴～叮鈴～借過一下

首爾的腳踏車叫 #DDarmy # 在我的故鄉昌原叫 #Nubija

不同地區會幫腳踏車取不同的名字，

畢竟如果都一樣的話，

就不有趣了啊～

貓咪雷達

貓咪雷達啟動 # 下雨時都超擔心

帶食物來就會突然現身的貓咪們。

17

你喜歡的一切

你喜歡大田高蛋白食堂的豆漿冷麵、大田韓華鷹隊；
喜歡笑著過每一天、睡前打一局花牌；
喜歡夏天很晚才出來的、爽脆的桃子；喜歡拍蔚藍的天空；
喜歡沾很多芥末和醬油的鮭魚握壽司；
喜歡在上班路上餵浪貓，下班後到便利商店買品客；
喜歡週末一路睡到中午；喜歡聽 Urban Zakapa 的歌；
喜歡睡著時手指捲著髮稍；喜歡開著冷氣蓋棉被；
喜歡玩超難組的樂高；喜歡找 Mango、Jelly 掉落的鬍鬚；
喜歡咔滋咔滋的咬冰塊。
你最喜歡的是，我們亂亂的家。

乒乒乓乓

＃我只是小幫手 ＃真簡單耶

意外的，

女生很擅長做這些粗活……

妳生病時

不要生病啊 #Mango 都跑來了

那我常常餵妳不就好了。

春日散步

都是因為春睏症啦 # 妳喜歡做的事 # 回家我再完成

抱歉我剛剛睡著了，妳再說一次？

我們是桃子殺手

最喜歡脆脆的 # 軟嫩多汁的也喜歡 # 只要是桃子都喜歡 # 好像妳

每年一到夏天，

就一起大吃桃子啊姆啊姆！

結了個婚，長了些肉

#GET # 晚餐就吃牛里脊

發胖的話，

就能買新衣服。

18

關於濟州島

準備結婚時，去婚紗工作室諮詢了價格，
雖然也有便宜的方案，但我們不太滿意。
考慮一陣子後，決定把預算拿去濟州島拍自助婚紗。
帶著三腳架、相機和簡單的拍婚紗道具，
我們倆跑遍濟州島各個充滿夏天風情的知名景點，
終於完成了婚紗照。
要是在婚紗工作室拍，就無法拍出這麼真實的我們了。
一張張照片中，都充滿當時的回憶，
這是什麼也無法改變的，珍貴的瞬間。

妳與微風，和濟州

自助婚紗 # 曉星岳 # 真是來對了

和妳在一起，
到哪都是熱門景點
#牛島 #機車旅行

雨中的婚紗照

龍眼岳 # 在磨難中也幸福 # 烏雲籠罩也明亮

雖然從頭到腳、連禮服都溼得透頂，
但很奇怪，我們感覺好幸福。

濟州的最後一晚

何時會再穿呢 # 銀婚的婚禮 # 到那時也要一起喔

和我們一起完成任務、辛苦的相機和衣服們，

不知不覺都產生感情了。

求婚大作戰

求婚的第一階段：了解戒圍。

好緊張……應該不會太貴吧……？

最愛惜的短袖T恤

您好～請問想看什麼樣的首飾呢？

喔……結婚戒指

呑呑

吐吐

喔～您是要找求婚戒指吧？最近結婚戒指分成很多種，很多人會先買小巧一點的求婚戒指，30分大小的款式中最便宜的約300萬韓圜。

請看看～

強作鎮定

好……

這麼小一顆300萬？是滿漂亮的啦，她應該會喜歡吧……

戴在她手上不知道有多美。

謝謝光臨，請慢走～

結婚以後要賺很多錢，買Tiffany給她。

289

表面上是拍婚紗，其實是求婚旅行。

用腳架拍攝需經過精密的計算。

作戰開始！

請接受我的心意吧～
別嚇到啊

如畫的瞬間

為了這次單行本的發行，
特地找出很久沒看的濟州島照片。
那時的我們，洋溢著自然的微笑，
看起來非常幸福。
我想將這樣的笑容傳達給各位。

1

p278
雨中的婚紗照

2

p276
濟州島的藍色之夜

3

p272
妳與微風，和濟州

4

p281
不知不覺中產生感情的
禮服與襯衫。

Mango、Jelly 的故事

這張床

我們
接收了喵。

人類幹嘛這
麼忙碌啊喵

當初比手掌還小的孩子，
現在成為一頭猛獸，
總是慢悠悠的晃來晃去～

翻滾 翻滾

媽媽什麼時候
回來？
幫我抓條魚回
來喵～

…

看什麼看

把門關上

我要一個人
靜靜

給我罐罐……

呼嚕 ZZZ

ZZZ
呼嚕嚕～

ZZZ

呼嚕嚕

TUNA

只要我的視線看向床舖，
Mango 和 Jelly 就會立馬衝過去，
在床上「喵嗚喵嗚」的叫。
坐在電腦前時，為了吸引我的注意，
就會展開一場激烈的爭戰。
夾在 2 個女兒中間的爸爸，覺得好幸福。

奴才，
我的飯呢？

只要兩人在一起

「新婚」有期限嗎？有人說，新婚大約是婚後 1 個月的期間，也有人說是 1 年，還有一說是把喬遷宴時收到的衛生紙都用完為止。最近還有以「小菜不分小碟裝，而是直接把整個盒子擺上餐桌」為分界點的說法。

我們夫妻倆才剛度完蜜月，吃飯時就常常直接把辣椒醬盛到銅碗裡，加上白飯和小菜拌在一起，拿 2 根湯匙挖著吃；喬遷宴收到的衛生紙是什麼時候用完的，早就想不起來了；我們會幫彼此收晾乾的內衣、幫忙拿廁所衛生紙時會很大力的打開門，還擁有了 2 個女兒（雖然不是人類）……真不敢相信時光流逝得如此之快，我們已經結婚 1 年了。

雖然結婚不過 1 年，就和普遍對「新婚夫妻生活」的認知大不相同，但其實我們是在享受著屬於自己的新婚。

走在路上，偶爾會看到高齡 80 的老夫妻像剛結婚般緊緊牽著彼此的手，真希望能像他們那樣，永遠渴望了解彼此、令對方快樂、真誠的付出與接受，一直一直幸福的生活下去。

烏雲籠罩也明亮，就是下定決心去守護每一個重要的東西，而非跟隨別人的標準，創造出專屬自己的幸福。即使可能遇到狂風暴雨無情的籠罩我們，但相信只要兩人在一起，就足以抵擋一切。

今天也要度過充滿愛的一天喔！

Fun系列 042

從你和我，變成我們

作　　者──裴城太
譯　　者──Y.Ting
主　　編──陳信宏
責任編輯──尹蘊雯
責任企畫──曾俊凱
美術設計──FE 設計
校　　對──謝杏旻
內文排版──極翔企業有限公司
董 事 長
總 經 理──趙政岷
總 編 輯──李采洪
出 版 者──時報文化出版企業股份有限公司
　　　　　10803 臺北市和平西路 3 段 240 號 3 樓
　　　　　發行專線─（02）2306-6842
　　　　　讀者服務專線─0800-231-705・（02）2304-7103
　　　　　讀者服務傳真─（02）2304-6858
　　　　　郵撥─19344724 時報文化出版公司
　　　　　信箱─臺北郵政 79～99 信箱
時報悅讀網──http://www.readingtimes.com.tw
電子郵件信箱──newlife@readingtimes.com.tw
時報出版愛讀者粉絲團──http://www.facebook.com/readingtimes.2
法律顧問──理律法律事務所　陳長文律師、李念祖律師
印　　刷──詠豐印刷有限公司
初版一刷──2017 年 10 月 20 日
定　　價──新臺幣 380 元
（缺頁或破損的書，請寄回更換）

時報文化出版公司成立於一九七五年，
一九九九年股票上櫃公開發行，二〇〇八年脫離中時集團非屬旺中，
以「尊重智慧與創意的文化事業」為信念。

國家圖書館出版品預行編目資料

從你和我，變成我們 / 裴城太著；Y.Ting譯 -- 初版.
－臺北市：時報文化, 2017.10
　　面；　公分. -- (Fun；042)

ISBN 978-957-13-7141-2 (平裝)

862.6　　　　　　　　　　　106015998

ISBN 978-957-13-7141-2
Printed in Taiwan